KB267739

너랑 나랑

미래시선 147
너랑 나랑

지은이 | 김중근
펴낸이 | 임종대
펴낸곳 | 미래문화사

찍은 날 | 2009년 7월 29일
펴낸 날 | 2009년 8월 3일

등록 번호 | 제3-44호
등록 일자 | 1976년 10월 19일
주소 | 서울시 용산구 효창동 5-421
전화 | 715-4507 / 713-6647
팩시밀리 | 713-4805
E-mail | mirae715@hanmail.net
홈페이지| www.miraepub.co.kr

ⓒ 2009, 미래문화사
ISBN | 978-89-7299-370-4   03810

너랑 나랑

김중근 동시집

미래시선 147

미래문화사

 너랑 나랑

혼자면 무슨 재미
둘이라야지

해님이랑 달님처럼
숨바꼭질도 하고

소곤소곤 귓속말,
생각만 해도 짜릿짜릿

혼자면 무슨 재미
함께 해야지
너랑 나랑

생애 최고의 순간, 바로 지금

'세상은 혼자 살 수 없다'고 늘 강조하신 어머니의 말씀을 잊은 적 없지만 혼자라도 열심히만 하면 안 될 일이 무엇이랴 싶어 젊은 시절을 뒤돌아볼 겨를도 없이 숨 가쁘게 보내며 일찍이 홀로서기를 했던 나는 만혼으로 가족이 생기면서 점차 인생의 소중함을, 세상은 더불어 살아야 아름답다는 것을 실감하게 되었습니다.

32년여 외길을 걸었던 공직에서 명예롭게 퇴임하고서 평생 품고 살았던 그림에 대한 열망을 이기지 못해 붓과 물감으로 행복한 나날을 보내던 중, 우연한 기회에 시를 접하게 되어 점점 새로운 매력에 빠져들었고, 늘그막에 본격적으로 시 공부를 하며 동시로 가닥을 잡았지만 여간 힘든 일이 아니었습니다.

더욱이 입문할 무렵 한국 문단에는 문학, 특히 시를 쓰는 문인에 대한 온갖 부정적 비평의 소리가 거세게 일어 막 걸

음마를 시작한 나의 어깨를 짓눌렀고, 게다가 나처럼 나이 많은 사람을 의도적으로 싸잡아 욕하려는 것 같아 한 때 회의감마저 들었으나 오기로 버텼습니다.

어려운 시기에 용기와 희망을 북돋아 오늘에 이르도록 이끌어 주신 문예사조 관계자님, 바다문인협회 회원 여러분, 특히 동고동락한 문예대학 동기생 여러분께 진정으로 고맙다는 말씀을 드립니다.

매일 아침 눈을 뜰 때마다 신선한 공기와 빛나는 햇살, 그리고 오늘도 사랑과 이해로 감싸주시는 분들이 계시기에 행복한 마음으로 다시 태어나듯 세상을 맞이합니다.

시간이 더 흐르기 전에 희미해지려는 기억들을 하나라도 더 붙잡아두려고 틈틈이 기록한 글들을 감히 다른 사람 앞에 내놓을 수 있을까? 무척 망설였지만 손님 맞는 심정으로, 남녀노소 누구나 보고 즐겼으면 하는 바람으로, 한데 모아

고희기념 시집으로 엮었습니다.

짧지 않은 삶을 살았음에도 대상을 인식함에 있어 그 본질을 이해하는데 부족함이 많습니다. 사람마다 가치관이 다르듯이 삶과 행복에 대한 기준 또한 천차만별일 것이나 시를 이해하고 즐기는 사람은 그렇지 못한 사람보다 그만의 즐거움을 하나 더 누리게 되므로 분명히 그만큼 더 행복할 것입니다.

시 하면 처음에는 모두 어렵게 생각합니다만 자꾸 읽다 보면 눈에 익어 저절로 그 뜻을 이해할 수 있게 될 것입니다. 더욱이 동시는 청소년뿐만 아니라 모든 사람에게 상상의 나래를 마음껏 펼 수 있게 해 꿈과 희망을 안겨 주리라 생각합니다. 그래서 하찮은 것도 소중히 여기게 하고, 사랑하는 마음을 더욱 울어나게 하여 더불어 사는 아름다운 세상을 펼쳐나가게 될 것입니다.

아무쪼록 가벼운 마음으로 동시집 《너랑 나랑》을 만나보시기 바랍니다.

언제나 든든한 후원자인 아내와 아들에게 이 시집을 선물할 수 있어서 무척 기쁩니다. 그리고 평소 아낌없이 사랑해 주시는 모든 친척 친지 친구 선후배 여러분께도 고맙다는 말씀과 아울러 이 시집을 드립니다. 앞으로도 변함없는 성원과 지도편달을 당부 드립니다.

끝으로 동시집 '너랑 나랑'을 엮어 펴내 주시느라 애 많이 쓰신 미래문화사 대표님 이하 관계자님 여러분, 참으로 고맙습니다.

광교산 능선 위로 피어오르는 뭉게구름을 바라보며

2009년 7월

김중근

차례

제2부 • 어제 오늘 그리고 내일

제1부
봄 · 여름 · 가을 · 겨울

입춘

먼 산봉우리는
아직도 희끗희끗한데
벌써 입춘이랍니다

기다렸다는 듯 쏙 쏙
부리 같은 꽃대를 내미는
춘란

못다 푼 눈 망태 메고
노려보는 동장군이
무섭지도 않은가 봐요

오동통 부풀린 꽃망울
참다못해 툭 터뜨리면
향내가 진동할 거예요

봄 봄

미처 몰랐어
이미 곁에 와 있는 걸

요술을 부리듯 톡톡
건드리는 것마다 잠 깨우고

살살 간지러운 햇살로
활짝 웃게 하는 마술사

보고 싶어
보여줘 네 얼굴

까치둥지

참나무 꼭대기에 터를 닦고
공사가 한창이에요
까치네 식구가 불려나 봐요

날마다 몰라보게 부풀어
오늘은 봄맞이 애드벌룬처럼
높다랗게 두둥실

간밤엔 바람이 쓸고
아침엔 해님이 닦았는지
보송보송합니다

이제 오색바람 일면
알 깨고 나온 철부지 눈망울들
입이 째져라 아우성칠 거예요

봄날

넌 무슨 색을 좋아하니
분홍색
왜
개나리니까

그러는 넌 무슨 색을 좋아하니
노란색
어째서
진달래니까

속마음을 알아차린,
진달래는 수줍은 듯 고개 숙이고
개나리는 신이 나서 우쭐댑니다

그러다 살짝 눈이 마주친 둘
노골적으로 활짝 웃습니다
보고 있던 산도들도
까르르 웃음꽃을 피웁니다

소리 없이 오는 봄

봄은
언덕 넘고 들을 건너
살금살금 다가왔어요

소리도 없이 기척도 없이
하얀 목련 꽃잎을
이번에도 신고 왔어요

찍힌 발자국마다
햇살 고여 눈부시고요
개나리와 진달래도
활짝 웃어요

봄은
온 천지에 꽃보라를 흩날려
향내로 살살
코끝을 간질여요

진달래

산으로 오르는 길목을
곱게 물들인 분홍 꽃 무리

꽃샘추위가 할퀴어도
꿈쩍 않다가
여린 햇살 눈길 한 번에
긴 속눈썹을 깜빡깜빡

그 바람에
꽃잎에 맴돌던
갈 길 먼 봄바람이 화들짝
꽃물 들이려던 내 가슴
덩달아 콩닥콩닥

삽시간에 넘실거리는
온 산의 저 분홍 물결

목련

목련이 좋은 건
어여쁜 얼굴이
누이를 쏙 빼닮았기 때문입니다

야들야들한 살결
건드리기만 해도 멍이 들 것 같아서
뺨 한 번 대보지 못했건만
꽃 내 한 줌 쥐여주고
뚝뚝 하얀 눈물이 야속합니다

보고픈 가슴 짓무르는데
아는지 모르는지
이른 봄 서둘러 단 한 번
꿈결처럼 다녀갑니다

새봄엔 맑은 미소 듬뿍 다가서면
캔버스에 옮겨 심어 머리맡에 걸어두고
비바람 몰아치는 날에도
서럽도록 행복해 하렵니다

풀아 풀들아

애들아
저 넓은 들녘으로 나아가
춤추는 아지랑이와 어울려보렴
두엄 내 나는 밭에 눈독 들이지 말고

섣불리 그랬다간
장대같이 퍼붓는
제초제를 뒤집어쓰거나
작살에 꽂힌 물고기 신세가 될 거야

네가
얼마나 고집쟁이인지 난 알아
독을 마셔도 뿌리가 뽑혀도 더 많이
끈질기게 돋아난다는 걸

하지만
종일 뙤약볕 아래 실랑이할
할아버지의 굽은 등이
가엾잖니

기왕이면 바람 이는,
햇살 마음껏 끌어안을 수 있는

벌판이 좋지 않을까

애들아
저 넓은 들녘으로 나아가
힘차게 푸르게 달려보렴

5월에는

5월에는
해맑은 얼굴로
쪽빛 새 물결 넘실대는
바다에 나아가
푸른 하늘 가득 풍선을 띄워보자

은빛 파도소리도 담고
옹이 박히도록 지어놓은
아직 한 번도 부르지 않은
너와 나의 노래도 한껏 목청 돋워
불어넣자

멀리서도 볼 수 있게
누구라도 듣고 따라 부를 수 있게
불꽃처럼 활활 타오르는 가슴으로
우리만의 깨끗한 힘으로
순수하게 두둥실

소중한 우리의 염원
사랑의 빛으로 날게 하자
훨훨 드높이 온 누리에 퍼지도록
5월에는

푸르디푸른 바다

보고 있으면
촉촉이 젖어오는 너

내 마음 씻어
사파이어처럼 빛내주지

신비한 힘,
온 세상 구석구석
투명하게 닦아낼 수는 없을까

몸에 박힌 햇살을
반짝반짝
너의 빛으로 물들이고 있구나

여름

졸졸졸
사이도 좋게
울퉁불퉁 크고 작은 바위틈으로
시원하게 물줄기를 쏟아내는 쏠

만져보고 싶도록 예쁜 소리로
물고기가 헤엄치듯 건너오라고
정겹게 부릅니다
졸졸졸

물거품 언저리로 꽃 핀 물무늬
살금살금 정강이를 간질이면서
첨벙
들어앉아 보랍니다

살며시 다가가 드민 손등에
앙증맞은 폭포가 또 하나 생겨
쏠이 된 나도 함께
졸졸졸

매미소리

숲 속에는
향연이 벌어지고 있었다
온갖 풀벌레 소리
그중에 너의 목청이 단연 으뜸

맴맴, 아침이면
어김없이 기상나팔소리처럼
내 창을 열고 들어와
귓불을 깨물었지

어느 해 방학하던 날
북악산 기슭을 온통 헤매게 하고
매미채도 닿지 않는
소나무 꼭대기에 숨어서 맴맴

오늘은
드러내 놓고 반기는
너의 그 초록빛 소리, 맴맴
여름이 시원스레 등을 타고 흐른다

민들레

사람들이 다니는 길엔
절대 앉지 말라 하신
엄마의 말 까맣게 잊고서
보도블록 틈새에 발을 디민
당돌한 아가씨

어둠을 사르는 노란 불빛이
얼마나 좋으면
밤새 눈 한 번 붙이지 못한 채
키다리 가로등 올려다보며
아직도 배시시 웃고 있다

해님이
나른한 졸음 쏟아 부어도
종일 동동거리며
발돋움하는 철부지

어서어서 자라서
네 꿈에 하얀 날개를 달아
훨훨
더 높이 더 멀리 날아보렴

뭉게구름

산 능선 위
두둥실 뭉게구름

갓 피어난
꽃 무리 같구나

새로 변했다가
강아지가 되었다가

거대한 마술 보자기
동화 속
선녀도 그려낼 수 있을까

엄마 같아요

언덕 위로
몽실몽실 솜구름을
하얗게 피워내는 파란 하늘

볕 좋은 날
묵은 솜 죄다 틀어서
곱게 펴 말리는 엄마 같아요

보이지 않는 손
얼마나 크면 저토록
쉬 펴내고 척척 걷어 들일까

차곡차곡 개켜두었다가
한겨울 추운 날 골라
알게 모르게 다 나눠줄 테죠

공기

냇가에서 주운 돌
동글동글 예쁜 돌

깎아 놓은
밤톨 같구나
누이 손에 쥐여주면
좋아할 거야

요리조리 굴리면서
신이 날 거야

부끄러운 날

엄마랑 장에 갔다 돌아오던 날
커다란 짐 보따리 너무 힘겨워
벌게진 엄마의 얼굴 애가 탔어요

타박타박 빈손에도 힘이 든 나는
배춧잎 시들듯 축 늘어져서
다다른 정류장에 주저앉았죠

무심히 내려다 본 땅바닥에는
개미들의 잔치가 벌어졌는데
힘도 좋지,
제 몸보다 몇 배나 큰 걸 물고도
뒤질세라 부리나케 잘도 갑니다

부끄러워 얼굴은 화끈거리고
그날 밤,
거대한 개미 바위에 시달리다가
나는 그만 홑이불을 적셨답니다

누이

반달 노래를 곱게 부르던
목련 닮은 누이는
나보다 더 목련을 좋아했다

눈송이처럼 예쁜 꽃이
안타깝게 빨리 진다고
떨어지는 꽃잎을 눈물로 받아
치마폭에 차곡차곡 채우던 누이

입버릇처럼
기어이 목련 닮은 딸을 낳아
목련 나무그늘에 앉혀 놓고
목련 꽃잎 같은 하얀 얼굴로
쪽배 타고 은하수를 건너가 버렸다

해마다 목련은 피고 지건만
그토록 목련을 좋아했건만
꿈에도 오지 않는 야속한 누이
그래도 보고픈 목련 닮은 내 누이

여름밤의 소나타

덜커덩
올빼미 청소차에
열대야로 뒤척이다 겨우 든
내 단잠 실려 보낸 04시

무심히 동공을 채우는 천정에
수많은 황금 빗살무늬가
자동피아노건반처럼 연주하는
현란한 월광 소나타

매일 밤
콘서트가 열렸을까
시린 눈을 감자 또 다른 빛으로
환상적인 2부 연주

바람에 나부끼는 머릿결로
호수에 이는 물결무늬로
날이 밝도록 헤어나지 못하게 하는
황홀한 선율

축제

등대가 벌이는
환상의 레이저쇼

현란한 불빛
미리내 보석 되어
아롱진 눈동자마다
파도 소리로 출렁이네

짧기만 한 여름 밤
잠 못 드는 바다에는
젊음이 타오르는
불꽃의 향연

풀벌레소리

저마다 뽐내는
목청

악보도 없으련만
절묘한 화음

장승이 지휘해요

나와 개미

학교 가는 길에서
운동장에서
빨빨거리며 알짱대는 개미들

오늘도 징검다리 건너듯
마음 졸이게 하고

밟히면 끝장인데
배짱 한번 두둑해

해님이 벙글벙글 하시는 말씀
너는 한 수 더 뜨잖아

해변에서

하늘도 바다도 눈부신 오후
조개 캐는 재미에 한기가 들어
뜨겁게 달구어진 모래 한 아름
끌어안는다

불화살이 꽂힌 듯 따가운 등줄기를
한 올 회오리바람이
시원스레 훑고 지나간다

물 비늘 반짝이는 수평선 무대 삼아
우아하게 춤추는 곡예사 하나 둘
졸음 낀 눈꺼풀에 달고
내 마음 두둥실 구름 타고 날아오른다

여름이 나를 살라
한 줌 모래로 밟히더라도
저 이글거림 다하도록
여기 머물고 싶다

나팔꽃

홀로 서진 못해도
무엇이든 잡기만 하면
팔목이 꺾일지라도
결코
감아 쥔 손 놓지 않아

함박웃음 띤
가녀린 몸매지만
그 누구보다 강인해
또 다른 손 너울거림은
더 높이 오르려는 몸짓

꿈속에서 그린 풍경

밤새
구름 타고 놀던 가오리연
기어코
미루나무 꼭대기에 대롱대롱

황금 물결에 취한 듯
흥겨운 허수아비에게
솜사탕 가리키며
연줄 잡아 달라 생떼를 씁니다

해가 중천,
입에서는 단내나는데
눈치도 없이 찧고 까부는
참새 떼가 얄미워 파르르 떱니다

삽시간에
모두 캔버스 안으로 들어와
나보란 듯이 벽에 걸렸습니다

빛을 그리는 요정

사람들이
구름처럼 몰려옵니다
용케
소문 잡고 나를 보려고·

해 저물어
꽁무니에 램프 켜 달고
잡힐 듯 말 듯 포르르 날면
아이 어른 할 것 없이
숨넘어가요

와
와
반딧불이다

동심으로 반짝이는 눈동자마다
듬뿍듬뿍
사랑의 빛 채워주고픈
나는야 빛을 그리는
숲 속의 요정

49

여름이 가는 길목

서늘한 눈매
다가와
보고 있습니다

길고도 긴
이제
그 끝이 지나가는
초록의 행렬을

귀뚜라미

무심히 들어 넘길 수 없는 소리로
까맣게 갇혔던 기억을 헤집는 너

하늘을 태우고 땅을 엎던 포성의 밤
나보다 더 겁에 질려
방공호 구석에 겹겹이 박혀 떨던
벙어리

수없이 강산이 변하도록
경부선 열차에서도
월드컵경기장에서도
그때 이후 한 번도 본 적 없는데

풀 섶이 제격이련만
고층아파트 베란다 구석에 숨어서
한가위 달 보며
벙어리 조상 귀 틔워 달라 애원하는가

은행나무 길

숱한 날
곱디고운 빛깔로
치장하더니

더는 머물지 못하고
창백도 하여라
눈물겹게 흩날리네

애절한 사연 하나
책갈피에 꽂아두고
이 마음 달래고파
고개 숙여 만져본다

노란 잎 수북이 쌓인,
밟고 가야 하는 나의 길
은행나무 길

입추

그토록
태울 듯 열기를 토해내고도
아직 버티고 앉아
이글거리는 심술쟁이에게
인제 그만 떠나달라고
서늘한 눈매로
치맛자락 살포시
문밖에 서서 기다리는
새 주인

설악의 단풍바람

마주 서자
내 안으로 밀고 들어온
오색바람
눈 깜박할 사이
내 마음 꿰차고
훨훨 날아
미시령을 넘어
설악동을 넘나든다
불길 번지듯

형제 밤나무

아파트가 야금야금 갉아먹어
병풍 같은 뒷동산에
나란히 서 있는 어린 밤나무 형제

아빠처럼 되려면 아직 멀었지만
꽃 피워 토실토실 밤송이 달고
오순도순 재잘재잘

추석 무렵, 성급한 사람들에게
채 여물지도 않은 밤송이 다 털리고
서운한 내색도 못한다

빈정거리는 바람결에
빈 가지만 너울너울
밤나무 형제는 정녕 바보인가

단풍

산과 들이 물들어요
붉게 노랗게

얼굴에
연지곤지 예쁘게 찍고

수줍은 듯
수줍은 듯
고개 숙여요

한눈에 반해

한눈에 반해
먼발치서 꿀꺽
침 한 번 삼켰을 뿐인데

불길 번지듯
얼굴이 화끈화끈
가슴은 쿵쿵

이를 어째

옮았나 봐
저 가을빛

'97. 차영걸

국화

하늘을
파랗게 밀어올린
계절의 전령사

마음에 쏙 드는 향기로
손짓 몸짓 하나같이
맵시도 고와라

맑은 웃음소리는
오순도순
더불어 사랑하는 마음

닮고 싶어
살그머니 다가서면
양지바른 곁 내어주며
어진 얼굴로 빙그레

첫눈 소식

가을빛 잦아드는 창가에
번쩍 눈에 띄는
돌돌 말린 그림엽서 한 장

기다림을 눈치 챈 듯
바람이 바스락 밀어 넣은
펴보지 않아도 알 것 같은
반가운 소식

몇 밤만 자고 나면
틀림없이 첫눈이 올 거라고
또박또박 적혀 있겠죠

발그레
소녀의 빰을 물들이며
예쁜 볼우물을 피게 합니다

첫눈

첫 번째 나들이라 너무 수줍어
누가 볼까 밤새도록 사뿐사뿐

창밖에 펼쳐진 하얀 풍경
산도들도 자동차도 구름 같구나

바람에 채여 흩어지면 어쩌나
햇살에 쏘여 스러지면 어쩌나

훈훈해진 가슴 아침마다
소리쳐 손 흔들어주고 싶은데

겨울

너와 내가 마주 선
두물머리 강변은
바람도
넋 놓고 쉬어가는 곳
눈 오는 이맘때가
제일 좋아라

얼핏
고독해 보이지만
여기도 저기도
사랑이 넘치네

겨울나무

훌훌 옷을 벗고
혼자 선 나무

언 땅에 발 묻은 채
온종일 덜덜

솜털 같은 눈꽃송이
펄펄 내려서

가지마다 포근히
감싸 줬으면

겨울 강

강물을 죄다 얼려서
햇빛으로 문질러 윤을 내고
아이들을 기다리고 있는 겨울 강

거울처럼 반들반들

산 그림자가 슬며시 들여다보지만
어림없지
시끌벅적 얼음지치고 팽이 치러
개구쟁이들이 몰려 올 테니까

강 언저리 털보아저씨의
뚝딱뚝딱 썰매 고치는 소리도
겨우내 한 번쯤은 듣고 싶은데

얼음이 녹을까 봐 더더욱 꽁꽁 얼려서
반지르르 광을 내고는 오늘도
기다림이 있어 외롭지 않은 겨울 강

제2부

어제 오늘 그리고 내일

도깨비방망이

옛날 옛적 그 옛날로 시작을 하던
할머니의 18번 레퍼토리는
너무나도 유명한 도깨비방망이

처음부터 토씨까지 죄다 외지만
들을수록 자꾸만 듣고 싶은 건
짜릿짜릿 통쾌한 클라이맥스 때문

어쩌다 도중에 잠이라도 들면
발이 저려도 행여 깰라 토닥토닥
끝까지 소곤소곤 다해주셨지

그 요술방망이 하나 있으면 뚝딱,
할머니 모셔다가 무릎 베고서
옛날처럼 응석 한번 부려볼 텐데

복날 추억

할아버지와의 겸상에 올라온
펄펄 끓인 삼계탕
낮에 본 녀석의 처연한 눈빛이
어디선가 쏘아보는 것 같아
고기는 먹지도 못하고
죽사발만 깨작거리는데
뜨거운 국물까지 후루룩후루룩
잘도 자시던 할아버지
장부답게 먹으라는 불호령을 내리셨다

얼른 한 점 꿀꺽,
얼굴이 화끈거리고
가슴은 찌릿찌릿 눈물마저 핑 돌아
원수 같은 삼계탕
다시는 안 먹을 거라 다짐했건만
지금 나는
손자 녀석과 마주앉아
닭살 발라주며 뼈까지 핥고 있다

내 할아버지 보시면 뭐라 하실까

달떡

아빠가 엄마에게 건넨 봉지에
먹음직한 찹쌀떡이 가득가득
둥그런 쟁반에 담아 놓고서
온 식구가 빙 둘러앉았습니다

할머니가 제일 먼저 한 개 집어서
요리조리 톡톡 톡 만지작만지작
환하고 어여쁜 보름달처럼
아담한 달떡이 빚어졌어요

언니하고 나하고 동생까지 덩달아
달떡을 하나씩 빚어가지고
한 입 베어 물면 쪽 떨어진 달
두 입 베어 물면 요번엔 반달
한 입 더 베어 물면 초승달인가

달떡 먹은 우리 식구 모두 달덩이
창밖에 두둥실 보름달까지
달 일곱 마주 보고 활짝 웃으니
달빛으로 눈이 부신 정월 대보름

소풍전야

날 밝으면 소풍 간다
다시 보고픈 오색으로
설레는 가슴은 예나 지금이나
한결같은데

배낭 속에는 그 옛날의
사이다와 삶은 계란 제치고
내 눈 같은 돋보기가 들어앉아
시집 한 권 읽고 있다

가죽등산화가 반들거리며
으스대고 있지만
어릴 적 머리맡에 만지작대던
새하얀 운동화가 살며시
그리움으로 다가서는 새벽 2시

산도 물도 그대로 있겠지
마음은 벌써 거기 가 있는데
더딘 잠 기다리는 눈은
이제나저제나 말똥말똥

사라진 고향

고향이 그리울 땐 눈을 감는다

애써 심은 옥수수 울타리 망가뜨려도
그놈 힘도 좋다며 침 튀기던
욕쟁이 할머니가 비 오던 날 밤
손수 받아냈다는 금송아지의
커다란 눈망울이 끔벅일 때마다
들에는 파랗게 비단 폭이 깔리고

저 건너 옥답 껴안은
황소 같은 돌이 아버지,
굽은 등에 찰싹 달라붙은 베적삼 훌훌 벗어
개구쟁이들 풍덩풍덩 자맥질하는
냇물에 휘휘 적셔 걸치며
이 녀석들 불알 다 쪼그라들라
짐짓 목청 돋우던 곳

개울은 아스팔트로 덮여
바퀴 달린 붕어들이
떼 지어 눈알 부라리고
산과 들을 삼켜버린 시멘트 숲

날로 치솟아 그나마 잿빛 하늘
고작 한 뼘이나 될른지

어머니 젖내 흙내 하나같이
새콤달콤하던 사랑하는 나의 고향은,
그 많던 아이들은 다 어디로 갔을까

한 백년쯤 지나면
저 위대한 유물 다 녹아내려
맑은 물 다시 흘러 친구들도 버들치도
더불어 멱 감으러 모여들까

고향이 보고 싶을 땐 차라리 눈을 감는다

산 너머 저쪽

앞산 머리 위로 꽃 구름을
곱게 피워 올리는 게 누군지
뒷동산에 올라 한껏 발돋움해도
보이지 않았다

철들 무렵
기를 쓰고 올라 바라본 거기
그림자 같은 산을 내세워
또다시 애를 태웠다

어서 와보라고
꽃구름을 무더기로 피워 올려
두근거리는 가슴에 활활
불을 지피며

기어이 가보고 말 테다
넘어지면 털고 일어나 천천히
숲도 보고 바람 소리도 들으며
그 너머 태산으로 또 다시 가로막을지라도

신남 가는 길

홍천 지나 고개 넘어 강줄기 따라
꼬불꼬불 숨 막히게 어지럽던 길

쭉쭉 뚫려서 마치 활주로
비행기 탄 것처럼 시원하구나

빙어 떼 합창하던 소양강 위로
구름 몰고 산들도 봄 소풍 간다

시시각각 다가오는 보고픈 얼굴
콧노래로 씽씽 신남 가는 길

그네 타는 소녀

소녀가 발을 구를 때마다
하얀 이마가 반짝반짝
그러다가 파르르 떠는 머리카락에
얼굴이 휘감깁니다

진달래처럼 활짝 핀 분홍입술,
물방울소리보다 더 투명한 탄성으로
포물선을 그리고

신바람 난 복숭앗빛 두 볼이
팽팽한 그넷줄 위에서
터질까 봐 조마조마합니다

해님이 뒷걸음치는 놀이터
엄마가 부르는데
소녀는 노을이 곱게 물든 구름을 잡으러
자꾸만 날아오릅니다

15

강물 소리

강물은
여린 눈길을 주다가
때로는 고함을 치며
굽이굽이 저 아래로 내려간다

햇살 머금은 물 비늘
떨며 떨며
따라오라는 것 같기도 하고
그냥 거기 있으라는 것 같기도 한데

싫증이 나련만
온종일 한결같음은
자꾸만 거슬러 오르고 싶은
내 마음을 달래려 함인가

아직
깨닫지 못한 저 몸 낮추는 소리
어리석은 내 가슴에
친친 감는다

섬

가물거리는 수평선 위로
점점이 떠 있는
섬
섬

보일 듯 말 듯 내젓는 손
오지 마라
오지 마라 하네

내게 다가섬을 막는 너의
그 고고함과 수줍음이
가고픈 마음 허기지게 하고
보고픈 마음 애타게 하는구나

수많은 경이의 눈빛으로
온몸에 문신하고
감동의 물결에
숨 막히도록 휘감겼으련만

새삼 앵돌아진 도도함은
날 위함인가
널 위함인가

산사

풍경도 깨지 않은
뽀얀 새벽
다기 들고 노전스님
법당에 드셨을까

댓돌 위에
하얀 고무신 한 켤레
참선하듯 단정하다

창포 꽃대 촘촘히
붓처럼 돋아나
바람 손에 만권자를 쓰고

목백일홍은 가지마다
부처님 맞으려
아기 손이 봉곳봉곳

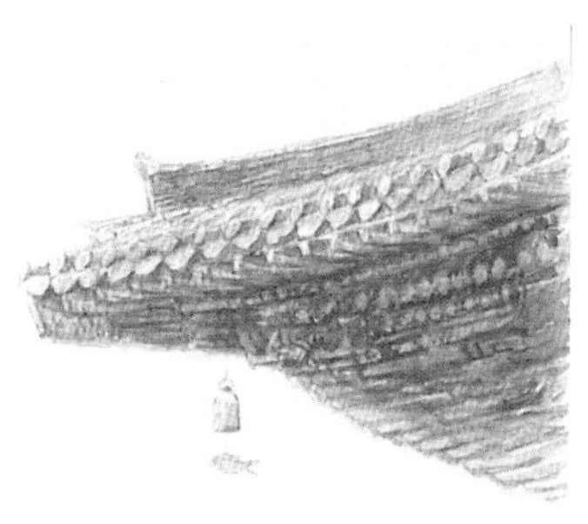

불심

노을이 곱게 물든
연잎에 앉아
참선하듯 입적하신
고추잠자리

다소곳이 합장한
연화의 발원으로
훨훨
왕생극락하시겠네

우정

우정은 아름다운 것
있는 그대로 참 좋아요

우정은
깨끗한 물처럼 맑아
얼굴이 비칩니다

욕심이나 거짓을 타면
금방 썩어버리지만
사랑과 믿음을 타면
단물이 된답니다

우정은 아름다운 것
그냥 그대로 참 좋아요

친구에게

친구 손에
시집 한 권 쥐여주며
바라기를
안 보는 데 두지 말고
화장실도 좋으니
눈 가는 데 놓아두고
어쩌다가 맘 내키면
잡히는 대로 펼쳐서
한 줄 읽어보길 원했네

하나 더 바라기를
시시하다 생각거든
그냥 덮어버리고
그러다가 다시 보아
행여
고개 끄덕여지면
그 구절 가슴에 새겨
두고두고
꺼내보길 원했네

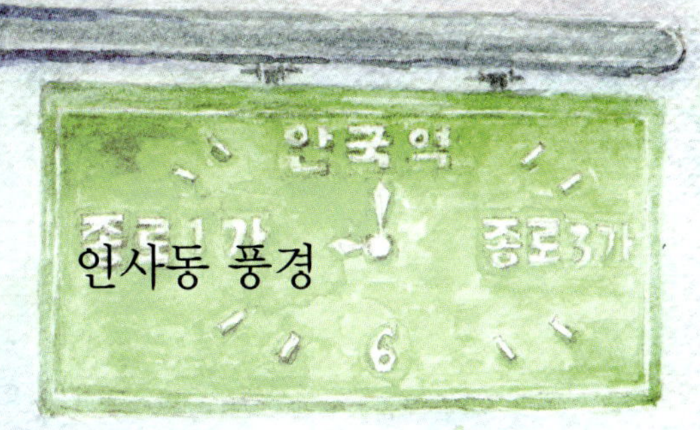

인사동 풍경

인사동에 가면
보물이 무진장

날로 붐비는
외국인 눈동자도
톡톡히 한 몫 하지

찰칵
호기심으로 반짝
놀라움으로 번쩍

인사동에 가면
절로 부자가 된 기분

춤추는 요정

뭇 시선 휘감은 채
플로어를 나르는 그녀

카리스마 넘치는 눈빛
날렵한 몸매
깃털이 날리듯 용암이 분출하듯
감히 흉내 낼 수 없는 신기

두 팔 벌려
하늘을 향해 휘돌 때면
비상하는 학이
그토록 아름다울까

아담한 체구지만
태산처럼 우러러 뵈는
내 마음 사로잡는
그녀는 영원한 나의 우상

다짐

잇지 못할 거야
너의 눈에
내 얼굴 콕 새겨준 거

잊지 않을 거야
너의 귀에
내 말 쏙 집어넣어 준 거

잊지 않을 게
너의 가슴으로
내 손 꼭 안아준 거

아주 멀리 아주 오래
떨어져 있다 만난다 해도
첫눈에 알아볼 수 있게

2009 까오게

엄마의 창

안방 쪽문에 반짝반짝
손바닥만 한 유리창

사랑채 행랑채 대문까지
한눈에 쏙 들어오는
엄마의 눈 같은 창

문턱이 닳도록 드나드는 객식구들로
아예 대문을 열어 놓고 살아도
도둑 한번 들인 적 없는 창

방물장수가 겁 없이 엿보려다
호통 맞고 줄행랑치던 날
앙증맞게 꽃무늬 커튼을 단 창

그 누구도 넘볼 수 없던
대갓집 안주인의 권위
내 동생 까꿍 앞에서는 와르르 무너지던

혜화동에서도 성북동에서도 빛나던
한없이 맑고 큰 엄마의 창
내 가슴에만 남아 반짝반짝

내 동생

엄마 곁에 누운 아기
어린 내 동생

내가 눕던 자리인데
너무 얄미워

오물오물
볼우물을 꼬집으려다

새까만 눈 조그만 입
하도 예뻐서

살며시 뽀뽀하고
안아봅니다

아침바다에서

애들아
저것 좀 봐
간밤에 반짝반짝
우리 동네 지켜주던 별들이
아빠 엄마 손잡고 아기별까지
은하수를 타고 모두 내려와
목욕하는 걸
더 맑고 더 곱게
비추려나 봐
오늘 밤

듣기 좋은 말

귓속말로
좋아한다는 속삭임

참이든 거짓이든
상관없어

낯간지러워도
기분 좋은 걸 어떡해

놀라워
날 우쭐하게 만드는 재주

짝사랑

처음 본 순간
빠져버렸다

손 내밀면 닿을 듯
애타는 마음

아무것도 못하고
안절부절

말해버릴까
눈 딱 감고

보여줘

보여줘 너의 마음
무슨 색인지

처음처럼 지금도
분홍색인지

알고 싶어 이 순간
진짜 네 마음

숨지 말고 보여 봐
있는 그대로

누굴까

큰 사발면 그릇에 좁쌀을 담아
숲 속 후미진 곳에 놓아둔 이
누굴까

저토록 예쁜 일을 하는 걸 보면
필시
촐촐 배고파 본 사람일 거야

모이를 쪼는 새들이 야단법석
어쩐지
맑은 새소리가 부쩍 늘었다 했어

숲을 싱싱하고 아름답게 만드는
사랑스럽고 고마운 이
누굴까

참 좋겠어

아침마다
떠오르는 해님을
함께 볼 수 있으면
참 좋겠어!
가끔
연인처럼
얼굴 맞대고
눈도 맞추면 더 좋겠지만
손도 잡을 수 있으면
그러면 더 바랄 게 없겠지만
안 그래도 괜찮아
그냥 네가
곁에 있기만 하면
그것으로
참 좋겠어!

유치원 버스

차창마다 초롱초롱
꼬마친구들을 태우고
빨간 신호등 앞에 멈춰 있는
노란 버스

커다란 눈망울을
요리조리 굴리며
개구쟁이들보다도 더
분주합니다

신호등 지켜보랴
횡단보도 건너는 영감님 살피랴
옆에 붙어
곁눈질하는 자동차 달래랴

파란 신호등에 불이 켜지면
부르릉 부릉 출발합니다
재잘거림 행여 흔들릴까봐
조심조심 부르릉 붕붕

사랑뮤지원

하굣길

왁자지껄
교문을 나서기가 무섭게
우리 셋은
가위 바위 보

나처럼 가위를 냈지만
늦게 낸 영이
언제나처럼 보를 찢긴
덩치 큰 석이
둘은 다시
가위 바위 보

보로 뒤집어씌우듯
영이는
뒤늦게 내민 녀석의 주먹에
제 가방을 잽싸게 걸고
저만치 쪼르르
풍선처럼 치마를 부풀리며
요리조리 깡충깡충

나는 승자답게
보도블록을 두 칸씩

앙감질로 껑충껑충

양팔에 하나씩
가방을 꿰찬 덩치 큰 석이는
뒤뚱뒤뚱

후미진 길 못 가서
우리 셋은 또 할 거다
가위 바위 보

내 사랑 인사동

도저히 피할 수 없는
신비로운 힘으로
끊임없이 머물게 하는 곳

비밀이 담긴 듯한
달 항아리 앞에 서면
절로 옷깃 여며지고

명화 앞에서는 장승이 되어도
가슴은
풍선처럼 부풀게 하는

어제의 향기 오늘을 넘어
영원히 꺼지지 않는
혼불이 되리라

인연

힘들거든 기대라
어깨를 내어 주고

어쩌다가 서러울 때면
눈물 닦아 어루만져 주고

가는 세월에 집착하면
꾸지람도 마다치 않는

하늘 같은 어버이처럼
때로는 스승처럼

사랑이 넘치는
내 마음속 단풍나무

푸짐한 햇살 쪼개어
활시위를 당긴다

틀니

달각달각
할머니 입에서 소리를 냅니다

이가 다 빠져
밥도 제대로 못 드신다고
아빠가 해 드린 틀니

외려
할머니를 아프게 해
어린아이처럼
울상을 짓게 하고

막상
밥 먹을 땐
밖으로 쫓겨나
외톨이가 됩니다

할머니를 위해
어서
길들고 싶은 틀니

할머니가 견딜 만할 때쯤

줄어든 잇몸 탓에
음식을 씹을 때마다
달각달각

할머니와 함께할 수 있어
행복한 틀니
오늘도
할머니 입에서 소리를 냅니다
달각달각

118

밤초

윤기 흐르는 밤을 보면
어김없이
해묵은 그리움 치밀어 목이 멘다

유난히 밤을 좋아하시던 아버지
고소하고 달콤한 금쪽같은 밤초를
언제나 내 입에 먼저 쏘옥 넣어주시곤
이 녀석 꼭 밤톨 같네 하셨지

태산 같으시더니
곁에 계시기만 해도 행복하련만
맺힌 한이 밤송이 되어
가슴을 찌른다

고희를 바라보는 나는
지금도 아버지가 그리운 열한 살 소년
한 번만이라도 밤초 가득 담아 들고
그 너른 품에 안기고 싶다

아버지

부잣집 막내로 태어나
귀여움을 독차지하던 소년은
11살 이후로
아버지가 있는 아이들이
몹시도 부러웠습니다

밤늦게 귀가하시더라도 어김없이
고사리 같은 손에 입맞추던
수염 난 뺨이
무척이나 그리웠습니다

외롭고 힘들 땐 아버지를 떠올리며
어른이 되면 아들딸에게
아버지처럼 좋은 아버지가 되려고
다짐했습니다

세월이 흘러 고희가 된 지금도
가슴에는
아버지에 대한 그리움과 사랑이
옹달샘처럼 맑갛게 솟아납니다

할아버지와 바퀴

할아버지의 녹슨 바퀴는
더는 구르지 못해
몸살이 날 지경입니다

바깥출입을 못해
가뜩이나 의기소침,
말씀도 없어진 할아버지에게
허구한 날 심술을 부립니다

보다 못한 나는
할아버지의 양 검지에
예쁘장한 눈을 한 개씩 달아
하루하루 문자판을 익히게 했습니다

독수리가 쪼듯 더듬거리던 검지는
어느 틈에
초고속 광케이블에 할아버지를 태우고
날마다 여행을 떠납니다

어제는 설악산
오늘은 제주도
내일은 하와이에 간답니다

다시 말문이 트인 할아버지의 탄성에
눈이 휘둥그레진 바퀴는
할아버지 곁에 찰싹 달라붙어
아주 신이 납니다

유람선도 타자고 짓졸라댑니다
어깨가 으쓱해진 할아버지
살맛 난 바퀴
둘은 다시 단짝이 되었습니다

삶

지리산 철쭉 다 지겠다

입버릇처럼 벼르기만
올해로 벌써 몇 해째

마음 한 번
꾹 누르면 될 것을

허둥대다 돌아보면
거긴 그저 지나온 세월뿐

지리산 철쭉 다 졌겠다

갈대밭

꿈에서라도 보고 싶었다
전혀 낯설지 않은 우리의 첫 만남
넉넉한 너의 품에 성큼 다가선다

끝없이 펼쳐져
물결처럼 넘실대는 함성에
가슴은 설레고

예사롭지 않은 만남
네 안에 반짝이는
저 무수한 눈망울까지도
모두 전생에 하나였을지 몰라

이어온 기나긴 세월만큼이나
수없이 많은 탯줄을 잘라내었을
그 강인한 삶에
아낌없는 갈채를 보낸다

동갑내기

내 안에 들어앉아
서슴없이 주인행세를 하는
못 말리는 고집쟁이

입 안의 혀처럼
나긋나긋하다가도
아니다 싶으면 천근만근 돌덩이

더러 얄밉긴 해도
맹세코
함께 태어난 걸 후회한 적 없어

용기와 자존심 일깨워주는
한순간도 헤어질 수 없는 너는
눈감고도 믿을 수 있는 오직 내 편

역지사지

밤을 치다가
뽀얗게 드러난 속살을 보며
문득 측은해진다

생살 깎인 아픔이 오죽할까만
단정한 얼굴로 보란 듯이
제기 위에 올랐구나

마음에 들 때까지 모질게 굴어
물집 잡힌 내 손가락을
설마 애처롭다 여기지는 않겠지

한 번쯤 탓할 만도 한데
옷깃 여미고 어서 향 사르라
넌지시 눈길 주네

뿌리로 말하는 나무

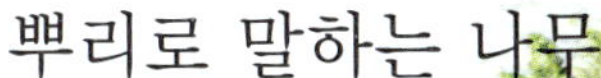

비탈길 거슬러 능선 타고
정상까지
한걸음에 올라 우뚝 선 솔

툭툭 불거진 몸
번개 치듯 꿈틀거리며
사방을 굽어 살핀다

엊그제 눈비비던 잎들
어느새 초록 물결 이뤄 반짝반짝
세상모르고 노래하는데

그 해 6월의 아침도 그랬다
폭풍이 몰아칠 줄
아무도 모르고

솔은 비로소 말한다
밟히고 패여 드러난 속살 울퉁불퉁
돌처럼 굳혀 산을 끌어안은 까닭을

북한산

광복절 아침
드높이 태극기를 나부끼며
줄지어 선 하객을 일일이 손잡아
맞아들이는 모습이 늠름하다
믿음직스럽다

광복 40돌 맞던 그 해
네 정수리에 박혀 있던
침략자의 쇠말뚝을 뽑아내자
용암이 분출하듯 상서로운 정기를
힘차게 내뿜었지

향을 사르고
하늘이 내린 옥수로
너의 몸 구석구석
치욕의 발자국 하나라도 남아 있을까
씻고 또 씻고

봉우리마다 선명한 빛으로
다시 태어난 민족의 영산
불멸의 지킴이로
언제까지나 우리 곁에 머물 것이다

새해 아침

해가 오른다
365일 한 해를 비출 해가 솟는다
수평선을 뚫고 하늘을 열 듯 불쑥
가슴마다 꿈과 희망을 안길
벅찬 함성으로 온 누리에 퍼질
새 빛으로

저 빛 맞으려 상서로운 소망 담아
줄줄이 방패연 띄우고
열망의 불꽃으로 온밤을 수놓던
어진 눈동자마다
새 빛이 솟아오른다
새 아침이 밝는다

젊은이여
희망이여
보라 저 빛
그대들 앞길 환히 비추리니
온몸으로 받아
하나 되지 않으려는가